Alfred Brendel

Fingerzeig

45 Texte

Carl Hanser Verlag

3 4 5 00 99 98 97 96

ISBN 3-446-18737-5

Einbandentwurf: Claus Seitz,
unter Verwendung einer Zeichnung
von Max Neumann
Satz: Reinhard Amann, Aichstetten
Druck und Bindung:
Friedrich Pustet, Regensburg
Printed in Germany

Fingerzeig

Es gab einen Pianisten
der entwickelte
einen zusätzlichen
dritten
Zeigefinger
nicht etwa zum Klavierspielen
obwohl er manchmal
diskret
in eine schwierige Passage eingriff
sondern zum Hinzeigen
wenn beide Hände beschäftigt waren

Hie und da schoß der Finger aus der Nase
um einen Huster im Saal bloßzustellen
oder er kroch unter den Frackschößen hervor
einer Dame in der dritten Reihe Zeichen gebend
beim Krebs des Fugenthemas
sah man ihn
in voller Länge aus dem Hemdkragen aufsteigen
Ausnahmsweise
wenn das Hirn des Pianisten kochte
und die Harmonien durcheinandergerieten
richtete er sich auf seinen Besitzer
ja er klopfte mehrmals
anklagend
an dessen Schädeldecke

Es war nicht ohne weiteres klar
wen er anklagte
denn der Pianist tat ja sein möglichstes
und das Publikum in solchen Momenten
hielt lautlos den Atem an
Wenn der Finger danach
in der linken oberen Fracktasche verschwand
spürte man im Saal eine gewisse Erleichterung
Der Mann mit der Videokamera
der die Szene eilig festgehalten hatte
nickte ein
und der Kritiker notierte
um den Wortlaut nicht zu vergessen
die Überschrift
Ein Finger zuviel

Bevor ich meine Bekannten besuche
Menschen namens Brezel
tierliebe Leute
trinke ich mir immer erst Mut an
Zögernd trete ich ein
da sitzt ein Hund
mit erhobenem Schwanz
Vorsichtig gleite ich an ihm vorbei in die Stube
dort lauert schon der nächste
und fährt mir
mit seiner von Bakterien bevölkerten Zunge
lustvoll übers Gesicht
Im Badezimmer
wohnt eine Hundemutter
deren Welpen sich
säuerlich riechend
auf meinen Schuhen breitmachen
Beim Kaffee
springt mir ein kleiner
aber strammer
Mops auf den Schoß
Im Garten dann
eilt etwas Riesiges herbei
ein Bernhardiner
und wirft mich begeistert auf den Rasen
Zum Abschied werde ich vom Hausherrn gebissen

hoffentlich hat er nicht die Tollwut
Ich sage dankeschön
und entferne mich rücklings
Bis zur Kreuzung noch
bellt er mir nach

Als der Dichter
wie unter Zwang
seine ersten Zeilen zu Papier gebracht hatte
lehnte er sich aufatmend zurück
Emil hatte gesprochen
Nach längerer Abwesenheit
war Emil wieder da
Ohne Emil blieb die Feder trocken
Nun durfte man hoffen daß die Blätter sich füllten
von Emil mit kühnen Metaphern versorgt
manchmal auch mit witzigen Aphorismen
in jener Mischung
typisch Emil
von Unsinn und Tiefsinn
in der ihn nicht einmal der alte Lichtenberg übertraf
Ohne Emil
versank das Leben in Bierernst oder Bierulk
Erst Emil
streute Pfeffer
säte mit unschuldiger Miene
Unfrieden
brachte Wörter und Sätze zum Tanzen
Wo er nur herkam
dieser Emil
plötzlich war er da
unangemeldet

man mußte sich von ihm überraschen lassen
ihm nicht ins Wort fallen
dann führte er gewissenhaft die Hand
kontrollierte Hebungen und Senkungen
stach Silben
rezitierte mit lauter
etwas krächzender Stimme
das Diktierte
bis er wieder verschwand
den Dichter verwaist zurücklassend
ach Emil

Am Ende eines harten Arbeitstages
gönnte sich der Lachforscher einen Cognac
Endlich war der Coup gelungen
die Videoaufzeichnung einer Kongregation
welche
von ihrem Prediger ermutigt
in Lachkrämpfe ausbrach
sich in Lachorgien auf den Kirchenfliesen wand
schönster Beweis dafür
daß Gott ein Humorist sei
und Lachen
auch wenn es der hysterischen Spielart angehörte
gesund
Fast hätte es ihn selbst erwischt
Wie gerne hätte er mitgelacht
doch hielt ihn sein Berufsethos in Schach
Lachforscher lachen nicht
Die Anstrengung
saß ihm immer noch in den Gliedern
Nun aber
im Frieden seiner vier Wände
drängte es ihn
den Videofilm ungestört abzuspulen
Vorsorglich
legte er sich bereits auf den Teppich
damit er nicht auf den Hinterkopf fiel

wenn das Lachen ihn
quietschend vielleicht
oder in spitzen Schreien
übermannen würde
wie ein verborgenes Laster

Als Antwort auf die Umfrage
was für ihn
das Wichtigste im Leben sei
nannte Eduard
das Äußern von Meinungen
Dies setze keinerlei Kenntnisse voraus
eine Art sechster Sinn ermögliche ihm
sie spontan und mit Nachdruck von sich zu geben
er wisse da oft selbst nicht genau
was er sage
wie durch ein Sprachrohr
spräche es durch ihn hindurch
Experten überrumpelnd
Unwissende belehrend
Mit dröhnender Stimme höre er sich
pontifizieren
Erklärungen aus dem Ärmel schütteln
Zensuren austeilen
berauscht von Selbstvertrauen
von der eigenen Courage überwältigt
bis der letzte Gast das Haus verließe
und er nun
zwischen halbleeren Bücherwänden
dem Echo seiner inneren Stimme
nachlauschte
ermüdet aber erhoben

Es fühlte die Maus
daß jenseits der Mäusewelt
eine andere
höhere
tiefere
innere
Wirklichkeit
alles Nagende
Pfeifende
Katzigemäusige
überragte
wie ein einziger unermeßlicher Käse
anbetungswürdig
gelblich
mit schönen Löchern
über jeden Zweifel erhaben

Ein Wunsch
beschloß sich zu erfüllen
Dazu war es aber zunächst nötig
zur Möglichkeit zu werden
Wie es soweit kam blieb unklar
Wünsche kennen ja keine Grenzen
aber das Mögliche
gehorcht strengen Gesetzen
ist überprüfbar
und keineswegs utopisch
Der genaue Moment der Erfüllung
wurde zum Gegenstand eines Gelehrtenstreits
Jedenfalls stellten damals
kategorisch und für immer
sämtliche Hunde das Bellen ein
Vorteile dieser
nur als Wunscherfüllung erklärlichen
Mutation
traten bald zutage
Die derart eingetretene Stille
senkte den Blutdruck
das frühkindliche Trauma
verschwand aus den Statistiken
und alte Feinde
schüttelten sich die Hand
Wer sich ebenfalls freute waren die Einbrecher

aber sie freuten sich zu früh
denn sie wurden nun von den Hunden
sofort gebissen
Leider bissen die Hunde
in der Folge auch Familienmitglieder
und machten selbst vor dem großen Guru
Grammaswami
nicht halt
Der Tierschutzverein marschierte auf
was wiederum die Menschenschützer
in Harnisch brachte
Schließlich bissen auch die Menschen wild um sich
was blieb ihnen anderes übrig
jeder biß jeden
und die Welt war wieder logisch und überschaubar

Der sanfte Buddha
in seinem Fett ruhend
triefend manchmal
bei heißem Wetter
in Zufriedenheit erstarrt
was geschah
daß er plötzlich aufsprang
vor Wut brüllend
hüpfend
auf einem Bein
bevor er zu Boden fiel
aufklatschend
mit seinen tausend heilbringenden Armen rudernd
bis sie sich heillos verfingen
ein Zornknäuel
hilflos auf dem Rücken zappelnd

Die einen wissen was geschah
ein Schlangenbiß in den Fuß
die anderen wissen es besser
auf einer Hornisse
sei sein Gesäß
zum Sitzen gekommen
In Wahrheit
hielt er den Frieden nicht mehr aus
Heiligsein ist anstrengend

Nun liegt er da
und seine Schüler
entfernen den Schaum von seinem Mund
entwirren
voller Entsetzen
seine ineinander verschlungenen Arme
und warten darauf
daß der heilige Zorn verraucht
das Mondgesicht sich glättet
der Göttliche wieder so dasitzt
wie man es von ihm erwarten darf
schweigend
die Hände gefaltet
die Augen halb geschlossen
unverrückbar

Eigentlich war es gar nicht so übel
das Leben
das er letzthin führte
mit einer Haupt-
und siebzehn Nebenfrauen
Man mußte sie nur auseinanderhalten
das war nicht immer ganz einfach
an den Nasen erkannte er sie am besten
Nasen und Busen
natürlich auch an der Stimme
denn er war ja musikalisch
aber da sie kaum etwas sagten
ließ er sie vorsingen
Manchmal fiel ihm dabei der Vorname ein
Nur die hübsche Stotternde erkannte er sofort
sie stotterte auch wirklich allerliebst
Wenn sie über die ersten
Bubu
Buchstaben nicht hinauskam
wurde er lüstern
und machte die Jalousien zu
Nächste Woche war Probesingen
Puccini und Lehar
darauf freute er sich schon
Platz hatte er genug
und den Gesangsunterricht besorgte er selbst

Bauchmuskulatur und Zwerchfell
das war sein Metier
Auch der Schmelz des Vortrags
stand ihm zur Verfügung
den hatte er von Tauber
während sich die Technik mehr an Gigli hielt
Jung mußten sie sein
Wenn dann auch noch echtes Talent hinzukam
Talent und Liebe zur Sache
durfte man mit ihm rechnen
Sitzengelassen hatte er noch keine
und die Küche im Palast war berühmt

In der Kontroverse
um die Abschaffung oder Beibehaltung von Türen
im Wohnbau
verfügten beide Seiten
über starke Argumente
Ohne Türen
sagten die Pragmatiker
sei man Wind und Wetter
Lärm und Qualm
hilflos ausgeliefert
Durchblicke in andere Räume
lenkten das Auge auf Unerfreuliches
Das Belauschen von Telefongesprächen
gehörte ebenso zur Tagesordnung
wie das Inhalieren von Küchen- und Zigarrendunst
oder das Anhören von Weihnachtsliedern
Großräume öffneten den Aggressionen
bildlich gesprochen
Tür und Tor
wobei zu bedenken sei
daß eine einzige geschlossene Tür
oft längst nicht genügte
um vor den Unbilden seiner Umgebung
Schutz zu finden
Die Vernunft gebiete daher
sich dem Leitsatz und Kampfruf

Zurück zur Doppeltür
zu verschreiben

Das idealistische Lager argumentierte dagegen
es führe die Abschaffung trennender Elemente
Menschen zwangsläufig zueinander
ja bedinge geradezu das Gemeinwesen
Sie stähle aber auch
Körper und Sinne
und inspiriere Architekten
zu ungeahnten Raumvisionen
Offene Türen müßten fortan nicht mehr
eingerannt werden
Auch der Torschlußpanik wäre
gleichsam ein Riegel vorgeschoben
sofern man sich entschlösse
das Haustor ebenfalls zu entfernen
Nach menschlichem Ermessen
zöge solcher Türenverzicht
eine gewaltige Zunahme an Naturverbundenheit
nach sich
die allerdings durch den Verzicht auf Fenster
noch weiter voranzutreiben wäre

Dergleichen Einwände
von der Partei der Öffnung vorgebracht
fanden leider nicht das Gehör der Mehrheit

So wurde denn
unter dem verzweifelten Protest fortschrittlicher Kräfte
das Offenstehen Klappen oder krachende Zufallen von Türen
mit Geldstrafen belegt
und eine Utopie
zu Grabe getragen

Bei seinem letzten Konzert
sah ich meinen Kollegen Fischkemper
über dem Klavier levitieren
ich traute meinen Augen nicht
doch tatsächlich da schwebte er
während der Flügel
den Es-Dur-Triller der Sonate Opus 111
selbsttätig weiterspielte
ihn um Minuten verlängernd
damit auch der größte Zweifler
Gelegenheit hätte zu registrieren
daß hier ein mystisches Erlebnis
wahrnehmbar von allen
sich ereignete

Ein Schaf sprach zu mir
Du bist zwar nicht so schön wie ich
so wollig
kräuselig
deine Stimme
berührt nicht das Herz
deine Rede
übermittelt nicht
aphoristisch das Wesentliche
du rennst dem Hammel nicht nach
bist weder friedfertig
noch naturliebend
niest im Sommer
und verschwindest beim leisesten Tröpfeln
unter dem Regenschirm

Und doch gehörst du zu uns
auch schwarze Schafe tun dies
Unter deinem Wolfspelz
verbirgt sich etwas Mildes Rundliches
Schutzbedürftiges
ich grüße dich
Lämmlein auf der Schlachtbank

Beee Bö Bäh
sagte ich

Wer versorgt uns mit dem fehlenden
dem allerletzten
vierten oder siebenten Akt
worin Tristan und Isolde
skeptisch geworden
eine Vernunftehe eingehen
Lulu als Vestalin wiederaufersteht
und Sarastro der Königin der Nacht
seine drei priesterlichen Akkorde
zur alleinigen Verfügung überreicht

Wer beschert uns den Akt aller Akte
darin Norma
einem Stimmbandkatarrh vorgreifend
als stummer Geist die Szene heimsucht
Don Giovanni
seine Sünden unter lauter Weihnachtsengeln im
Himmel abbüßt
und Florestan
der neue Usurpator
Leonore in den Kerker wirft

Wer beglückt uns mit dem langersehnten
dem endgültigen Finale
das die Vollendung noch vollendeter macht
die Unordnung wiederherstellt

Walther von Stolzing als Dilettanten verjagt
den Bewohnern von Wallhall Kindertrompeten in
den Mund schiebt
und Konstanze in ein Huhn verwandelt
das sich aufgeregt gackernd
hinter dem Serail davonmacht

Als die Mutter mit ihren dreizehn Kindern
bei der Tombola erschien
war der Raum
in dem die Auslosung stattfinden sollte
plötzlich zum Bersten voll
Einige Frauen mittleren Alters
schoben sich
von Neid erfüllt
durchs Gewühl
um den Kindersegen aus der Nähe zu bewundern
während zugleich das Wort Übervölkerung
immer lauter ausgestoßen wurde
Die Lose der dreizehn Kinder
waren alle Treffer
was sich auf die Anwesenden
ungünstig auswirkte
Es entstand ein Handgemenge
in dem die Mutter
schnell ein vierzehntes Kind zur Welt brachte
Die noch zu gewinnenden Gegenstände
wurden mittlerweile geplündert
und die Polizei
als sie endlich den Schauplatz betrat
mit Präservativen beworfen
Im Parlament
machte sich die Opposition

für die Freiheit des Gebärens stark
wogegen die Regierung feierlich
das Überleben zum Grundrecht erklärte
Als sich der Papst einschaltete
brach endgültig der Bürgerkrieg aus
bekanntlich tobt er noch heute
dieweil die Mutter mit ihren neunzehn Kindern
im Flugzeug des Vatikans
als Fruchtbarkeitsschrein
den Rest der Welt bereist

Ein Dirigent
entließ sein Orchester
als es
auf seinen Auftakt hin
nicht einsetzte
und wurde
um sich für diese Unbotmäßigkeit zu rächen
Staatsmann

Als solcher
erteilte er seinen Mitbürgern
am Fernsehschirm gestikulierend
das Signal
zu allen Verrichtungen
zur Arbeit fürs Gemeinwohl
zum Genuß von Mahlzeiten
zu Schlaf und Beischlaf

Nur die Musiker
gehorchten nicht
lachten hinter der vorgehaltenen Hand
und sangen
wenn er in der Nähe war
kakophonisch durcheinander

Erzürnt über diesen Mangel an Taktgefühl
verfügte er

daß fortan
alle musikalischen Geräusche
auf Knopfdruck
zu erzeugen seien
mit Ausnahme von Alle meine Entlein
welches er
von Kindern gesungen
zur Landeshymne erhob

Vorsichtshalber
wurde auch die Erzeugung von Nachwuchs
Computern zugeteilt
Witze wurden
per Dekret übermittelt
und die Benutzung von Küchenmessern
an Wochenenden
untersagt

Dennoch
stürzten die Musiker
den Staatsmann vom Podium
wie einen Sack Kartoffeln
als er
zur Feier seines Geburtstags
mit einem goldenen Taktstock
Alle meine Entlein dirigierte

In dem darauffolgenden Trubel
suchte der Landesherr das Weite
und übt nun
im Exil
auf bessere Zeiten hoffend
vor dem Spiegel
das Taktieren
von Hänschen klein

Worauf sie wohl hinauswollte
die Frau die ihm im Halbschlaf erschien
über die Maßen plastisch
leicht aber teuer bekleidet
von zärtlichster Gemütsart
Warum gönnte sie ihm nicht die Ruhe
ermattet wie er ist von geistiger Verrichtung
drängt sich an ihn
zwickt ihn in die Wange
reizvoll das muß man zugeben
trotz oder wegen des außerordentlich großen
Busens
der sich mehrmals um ihn herumschlingt
ein Oktopus aus zärtlichem Material
kühl wie Schlangenhaut
Vielleicht verwechselte sie ihn mit Tarzan
oder King Kong
wo er doch
ein Schreibtischtäter
kaum seine Glieder rühren kann
Vielleicht sonnt sie sich in Eroberungen
führt Buch
und vergibt Noten
Vielleicht liebte sie ihn sogar
das wäre bedenklich
obwohl schmeichelhaft

da müßte man sich
schlau aus der Umklammerung lösen
ein schwieriges Unterfangen
oder sich damit abfinden
daß die Tentakeln
am Ende
Mund und Augen bedeckten
jedes Bewußtsein
liebevoll
erdrosselnd

Als der Klavierpoet sein Honigbrot verspeist hatte
setzte er sich
wie stets um zehn Uhr dreißig
an den Flügel
mit dem Ziel
sich selbst
die Musik
das Instrument
sowie ein imaginäres Publikum
zu verzaubern

Niemals wurden die Fenster geöffnet
Frische Luft könnte der Poesie schaden
Der aus den Tönen gezogene Duft
mußte unverdünnt eingeatmet werden
die Ohren sich wie geblähte Nüstern
nie gehörten Nuancen hingeben

Eigentlich roch der Raum nach Katzen
Katzen waren geduldet
solange sie nicht die Krallen an den Kissen schärften
oder Mäuse unter den Pedalen deponierten
Der Klavierpoet versuchte
seine Finger möglichst katzenhaft
gleitend oder schleichend zu benützen
Manchmal miaute er leise

wenn in der Musik
Gefühle des seelischen Hungers
zum Ausdruck kamen
Verstohlen blickte er dabei auf die Uhr
ein keineswegs katzenhaftes Knurren
hatte sich seinem Inneren entrungen
doch es war noch längst nicht halb eins
und die Stillung des Hungers nach Schönheit
erforderte seine ganze Zuwendung

So zauberte der Pianist denn weiter
ebenso raffiniert wie innig
eine seltene Kombination
bis das Rasseln des Reiseweckers
sein Spiel mitten im Takt unterbrach
Fast siebzehnmal hintereinander
war das Nocturne erklungen
ein Pensum an Poesie
das den Künstler in die Lage versetzte
ruhigen Gewissens
ins nächste Honigbrot zu beißen

Hohes Kuratorium
meine Damen und Herren
Ihrer beispiellosen Ehrung
meiner unbedeutenden Persönlichkeit
kann ich nur mit noch nie hervorgerufener
Rührung
(weint)
(reißt sich zusammen)
begegnen
Die Tatsache
daß Sie mich auserkoren haben
stellvertretend für Millionen
von Straßenkehrern
als Repräsentant Ihrer Ideale
von Sauberkeit und Anstand
auf diesem Podium zu erscheinen
bedeutet für mich
die Erfüllung eines nie geträumten Traums
(schluchzt)
und die Sternschnuppe meines Straßenkehrerlebens
(Kichern)
Ich gelobe
in Zukunft
den Straßen unserer schönen
wenn auch von Hunden allzu zahlreich
heimgesuchten Stadt

noch häufiger den Rücken zu kehren
(Äußerungen des Unmuts)
(Die Versammlung wird geschlossen)

Seines Menschentums müde
beschloß Wilhelm
statt dessen ein Brezel zu sein
Salzig schmeckte er bereits
knusprig
wiewohl nicht mehr der Jüngste
fühlte er sich immer noch
So blieb ihm nur
in einem Wäschekorb zu liegen
bräunlich zu glänzen
Arme und Beine brezelhaft zu verschränken
und darauf zu warten
daß ihn jemand knackte

Seit diese Komponisten aus dem Jenseits
ihr das Haus einrannten
gab es nicht mehr viel
was sie aus der Fassung gebracht hätte
Sie ertrug es mit Gleichmut
daß man ihr dauernd Musikstücke einflößte
endlose viktorianische Oratorien
ausgerechnet ihr
die
auf einem Ohr taub
immer nur die Hälfte dessen vernahm
was Mendelssohn oder Bruch ihr gerade anvertrauten
Es machte ihr nichts aus
daß Brahms
seinen Bart auf ihrer Schulter liegen ließ
oder Chopin
sie mit Spiegeleiern fütterte
Und wenn Liszt
während des Diktats seiner neuesten Kirchenchöre
mit seiner schönen Hand
elektrisierend über ihr Haar strich
murrte sie nicht
Bei Mozart allerdings hörte der Spaß auf
Bar jeden Feingefühls
legte sich dieser Unhold
zu ihr in die Badewanne

und zwang sie
im Duett
einen obszönen Kanon nach dem anderen zu singen
Zum Glück
verschwand die Erscheinung rechtzeitig
sodaß wenigstens einer der Kanons
seinen Weg aufs Papier fand
gespickt mit falschen Noten natürlich
das gönnte sie ihm
ihre Schuld war das nicht
Schnell warf sie sich etwas über
um für den Besuch des griesgrämigen Rachmaninow
gerüstet zu sein

Ahnungslos noch
saß der Mann auf dem Sofa
während die Dame mit dem schönen Lächeln
sich ihm
wie einer Zielscheibe zuwandte
Niemand
das wußte sie
hielt diesem Lächeln stand
niemand der die nötigen männlichen Attribute besaß
Es war sofort da wenn man es brauchte
übers ganze Gesicht verteilt
Ausdruck einer schönen Seele
die zu erkunden
sich der Angelächelte
eiligst zum Ziel setzte
voller Neugier bereits
ob neben der Seele
vielleicht noch andere Regionen der Lächlerin
zur Erschließung aufriefen
Da der Augenschein
solchen Hoffnungen keineswegs widersprach
beschloß der Angelächelte
im Laufe des sich nun entspinnenden Austauschs
von Nichtigkeiten
das Seelische der Situation
doch lieber zu überspringen

Es schien ihm ausreichend
dieses Lächeln
nobel und selbstgenügsam wie es war
als ein weiter nicht erklärbares Phänomen
der Erinnerung einzuverleiben

Auf seinem Gang durch die Welt
sang das Knie
aus voller Kehle
denn auch Knie haben Kehlen
Ich bin ein Knie sonst nichts

Mit seinem Zustand
war es durchaus zufrieden
Der ewige Zank mit dem Geschwisterknie
die leidige Abhängigkeit von Schenkeln und Waden
das alles lag hinter ihm

Es war wohltuend
sein eigenes Knie zu sein
ein Knie ohnegleichen
das darauf zählen durfte
dereinst
wenn sein Anblick nicht mehr Entsetzen erregte
zum Gegenstand der Verehrung aufzusteigen

Vorausdenkend
sah es sich im Tempelbezirk residieren
als Übermittler dunkler Weisheiten
Quelle von Wunderheilungen
Zankapfel künftiger Religionskriege
von Wächtern behütet

von der Menge staunend belauscht
wenn es bei Sonnenaufgang
mit voller Kehle
sich selbst besang

Die kleinen Männlein
die nachts
leise in den Zimmern herumgehen
und alles durcheinanderbringen
sie kommen nur zu ordentlichen Leuten
je ordentlicher desto besser
da wird leise aber gründlich
mit der Ordnung aufgeräumt
Bibliotheken sind beliebt
da kann man Bücher
umdrehen
auf den Kopf stellen
verstecken
oder einfach falsch einordnen
die ganze französische Literatur
findet sich plötzlich im Wäscheschrank
während die Wäsche
auf wirklich alberne Weise
in die Speisekammer
zwischen das Eingemachte geraten ist
Fleißig sind die Männlein
zu herkulischen Taten fähig
unlängst schleppten sie den Flügel
ins Kinderzimmer
keiner weiß wie
und stopften ihn voll mit Steiff-Tieren

ein Fressen für die Feldmäuse
die um die Weihnachtszeit
so gerne in Klavieren nisten
Wenn die Männlein einmal Fuß gefaßt haben
sind sie schwer zu vertreiben
es sei denn man stellte sich gut
mit den Weiblein
die nehmen den Besen in die Hand
und jagen die Männlein davon
so sind sie heute
die Weiblein

Als Godot schließlich erschien
war die Enttäuschung groß
Daß er hinkte
sah man schon von weitem
ein kleiner Mann mit gewaltigem Bart
über den er zuweilen stolperte
leise fluchend
Er war es nicht gewohnt
Rede und Antwort zu stehen
Verteidigen mochte er sich nicht
Zorn über seine eigene Ohnmacht
stand ihm nicht an
So versuchte er es mit Kalauern
darin war er unerschöpflich
Kinder fanden ihn komisch
Manchmal warf er ihnen Schokolade zu
die sie in der Luft fingen wie Tiere im Zoo
Aber niemand kam ihm zu nahe
dazu war der Mann zu struppig
und seine Augen hatten den bösen Blick
Erkannt hätte ihn keiner
wenn nicht sein kilometerlanger Schweif gewesen wäre
der sich immer noch leuchtend am Boden hinzog
als sein Herr
längst schon
hinter den Hügeln verschwunden war

Ums
machte es
ums rums
Nicht jeder kennt die Geräusche
der alpenländischen Kröpfe
wenn sie in Aufregung geraten
sei es durch den Anblick einer Sennerin
oder angesichts des herzerfrischenden Wahlredners
auf dessen Wort man sich verlassen kann
wenn der Tod aller Zugereisten
die Ausweisung bösartiger Künstler
und die Förderung des Konsums von Alpenbutter
zur Debatte stehen
Bei solchen Themen
kann ein Kropf schon ins Zittern kommen
Eigentlich will man ja nichts
als in Ruhe gelassen werden
strammstehen dürfen
a bisserl germanisch sein
Wenn da nicht bald jemand Ordnung schafft
greift man eben selbst zur Waffe
oder kitzelt lästige Adressaten
mit einer kleinen Briefbombe
die ihnen die Fingerlein verbrennen wird
rums

Die Huster von Köln
haben sich mit den Kölner Klatschern
zu einer Hust- und Klatschgesellschaft zusammen-
geschlossen
deren erklärtes Ziel es ist
die Hust- und Klatschrechte
der Kölner Konzertbesucher wahrzunehmen
Der Versuch verständnisloser Künstler und
Veranstalter
solche Privilegien in Frage zu stellen
mußte eine Hust- und Klatsch-Initiative
zur Folge haben
Den Mitgliedern des Hust- und Klatschvereins
obliegt genaueste Kenntnis der Musikstücke
damit nach feierlichen Schlüssen unverzüglich
geklatscht
und bei leisen Stellen
zumal in der lähmenden Stille von Generalpausen
deutlich gehustet werden kann
Die Deutlichkeit des Hustens
ist oberste Vereinspflicht
schamhafte Verbergung desselben
oder gar selbstquälerische Unterdrückung eines so
natürlichen Vorgangs
bei Strafe des Ausschlusses untersagt
Wiederholter Serien- oder Dauerhusten

wird mit der »Huste nur«-Medaille prämiiert
Der neuerdings stattfindende Kontakt der
Kölner HKG
mit den New Yorker Niesern
und den Frankfurter Jungpfeifern
läßt für das Kölner Musikleben
auch in Zukunft
Großes erwarten

Natürlich liebe ich dich
sagte er zerstreut
du weißt doch daß ich alle Frauen liebe
Grund genug
daß die so Angesprochene
im Namen aller Frauen
ein Messer ergriff
und den Mann mit dem geräumigen Herzen
stellvertretend für alle Männer
erstach

In einer Zeit
die den Menschen das Recht absprechen möchte
sich öffentlich zum Käse zu bekennen
verdienen die Bemühungen des Käsesyndikats
Aufmerksamkeit und Unterstützung
Allzulang schon
hielt man den Käse unter Verschluß
verborgen vor Kindern und Jungfrauen
Immer noch
stößt das natürliche Bedürfnis fröhlicher Wanderer
den Ranzen zu öffnen
und ihren Käse zur Schau zu stellen
auf Entsetzen und Unverständnis
In seiner wöchentlichen Käsestunde
hat der Bayerische Rundfunk
die Käsefrage mutig aufgegriffen
Mittlerweile hat der Vorschlag
das Käsesyndikat in eine Käsekirche umzugestalten
an Boden gewonnen
Mit einem Schlag wären damit
Ansehen und Steuerbegünstigung garantiert
einer ungestörten Entfaltung des Käsewesens
die Wege geebnet
getragen von der heiligen Begeisterung der
Käsegemeinde
deren überraschend jungen Delegierten

wir hier mit einem dreimaligen Käsehoch
willkommen heißen

Als der Großwildjäger
zur Freude des Krokodils
in den Fluß gefallen war
erwog dieses
aus welcher Freßrichtung
der dicke Mann
am besten zu verspeisen sei
fußaufwärts
kopfabwärts
baucheinwärts
Oder sollte man vielleicht
um den Magen zu schonen
erst die Zehen einzeln genießen
und sich dann
gründlich kauend
bis zu den Ohren hocharbeiten
Der Gefahr des Sodbrennens
wäre durch Einspeicheln zu begegnen
das Schießgewehr aus Verdauungsgründen
ins Flußbett abzustoßen

Während das Krokodil
solchen Gedanken nachhing
schwamm der Großwildjäger entschlossen ans
rettende Ufer
wo ihn

die Hand sträubt sich es niederzuschreiben
ein Löwe gefressen hat

Nachdem die Königin
beim Diebstahl ertappt worden war
schienen die Tage der Monarchie gezählt
Der mißglückte Versuch der Landesmutter
ihrem Privatsekretär
die Geldbörse zu entwenden
löste laute Empörung aus
Erst kürzlich
hatte ein als Stallbursche verkleideter Chefredakteur
die versteckte Leidenschaft des Monarchen für ein Araberpferd
ans Licht gebracht
Als bald darauf
das Ansinnen des Kronprinzen
unbotmäßige Schriftsteller mit Lachgas zu beschießen
für neue Schlagzeilen sorgte
schien die Stunde der Republik endgültig gekommen
In diesem Moment
stellten sich die Herausgeber sämtlicher Tageszeitungen
geschlossen hinter das Königshaus
Durch einen Geheimpakt
war dieses soeben verpflichtet worden
Ärgernisse in ausreichender Zahl
zur Verfügung zu stellen

Bei gesteigerter Auflage
sei die Krone
am Erlös zu beteiligen
Säumigkeit von seiten des Palastes hingegen
ermächtige die Morgen- und Abendblätter
königliche Skandale
nach Belieben aus der Luft zu greifen
Das Herrscherhaus hat sich seither
beneidet von allen Volksschichten
öffentlich und mit ungeahntem Vergnügen
der Ausführung von Missetaten hingegeben

Wenn ich ins Theater gehe
in so ein Gruselstück
mit Morden Totenschädeln Gespenst und
Wasserleiche
dann frage ich mich am Ende
was soll das Ganze
was geht mich Dänemark an
warum spielt dieser Prinz verrückt
wozu der schwachsinnige Klapperkönig
der es mit seinen drei Töchtern treibt
oder war es die blinde Mutter
Da lob ich mir die Tippse mit dem Schlüsselloch
ein gesegneter Einfall
oder das mit dem Esel und der Fee
köstlich
auch die Hexen fand ich nicht übel
und Hofnarr
ist sowieso lustig

Als der Schauspieler
sich in seine Rolle zu versetzen begann
fragte er sich
in welche Regionen seines vielfach gespaltenen Ichs
sie ihn wohl entführen würde
Ein Charakter mit Widersprüchen war das jedenfalls
schwer einzuordnen
in Komödie
Farce
Weihespiel
oder Schauerdrama
Da mußte man Wandlungsfähigkeit beweisen
auf offener Bühne
innerhalb von Sekunden
die Identität wechseln
den Hut eines Zauberers aufsetzen
als Priester mit starrer Miene feierlich schreiten
als Geist durch die Luft fliegen
dann aber wieder
als verwachsener Hofnarr Kapriolen schlagen
als Pierrot zart melancholisch schmachten
nicht zu vergessen
den Auftritt des gehörnten Ehemanns
dessen unfreiwillige Komik
diskret zu vermitteln wäre
oder des bösen Politikers mit dem freundlichen
Gesicht

eine nicht allzu schwierige
wenn auch dankbare Aufgabe
Nur das Tragische blieb ihm
wie er hoffte
erspart
es griff zu hoch
präsentierte statt Menschen Monumente
in die das Schicksal wie der Blitz hineinfuhr
zerborstene Trümmer zurücklassend
Da hielt man sich lieber an das Lächerliche
spielte den Ratlosen
das hat sich bewährt
Helden werden heute ratlos gespielt
oder man übte ein paar Herzenstöne
um sich nach allen Seiten abzusichern
Am Ende wußte man nicht mehr wohin man gehörte
im Grunde kein schlechter Zustand
man hielt sich offen
überließ alles weitere der Regie
die würde einem schon beibringen
wer man war

Abgeschirmt von den Geräuschen der Welt
die Ohren zugestöpselt
Fenster mit Kissen ausgelegt
so lauschte der Komponist seiner inneren Stimme
Die leisen Abschnitte waren kaum zu vernehmen
an der Grenze des zu Erlauschenden
mehr sich entziehend als mitteilend
Eigentlich ging es darum
das Unhörbare hören zu lernen
die Grenze von Klang und Nichtklang zu erforschen
vielleicht zu überschreiten
Dazu brauchte man Konzentration im Übermaß
Konzentration und Absichtslosigkeit zugleich
Gegensätze die sich geheimnisvoll ergänzten
Es wurde immer schwieriger zu entscheiden
ob man noch oder nicht mehr hörte
Immer dünnere Federn
erforderte die Niederschrift der Noten
damit auch optisch
der Eindruck des kaum Greifbaren bewahrt blieb
während die Vortragszeichen
unermeßliche Grade der Zartheit erheischend
durch immer fetteren Druck
das Auge des Benützers zu fesseln suchten
Zudem hatten sich Pianissimo-Vorschriften
längst als unzureichend erwiesen

Siebzehnfach
waren nun die Pianos nebeneinander aufgereiht
keiner noch hatte sich ähnliches herausgenommen
ebensowenig wie die fünfzehn f auf der anderen Seite
ein Rekord an musikalischer Gewalttätigkeit
den zu überbieten
der Komponist sich vorbehielt
Extreme brauchten einander
Stummheit verlangte nach dem Schrei
was dazwischen lag zählte nicht
Mittelfeld Vermittlung Mittelmaß
ein warmer Platz hinterm Ofen
kein Schauplatz für die Zerreißprobe
von Zartheit und Grausamkeit
der er ausgesetzt war
ein Gigant des Standhaltens
bis zu dem Tag
an dem die Unhörbarkeit der Musik
und der Verlust des Gehörs
ineinanderstürzen würden
in absolute Stille

Nur kein Aufsehen erregen
Noch nicht kalt geworden
lag die Leiche vor ihm
die Würgespuren sichtbar
unter den hundeartigen Ohren
Niemand war in der Garderobe
Wie das Geschöpf wohl hereingekommen war
um ihm hinter seinem Mantel aufzulauern
Ein schöner Schreck
als er es schnaubend vor sich sah
halb Mensch halb Tier
in ungewohnter Mischung
weder Kentaur noch Harpyie
Schuppen Federn Zotteln zartrosa Haut
alles durcheinander
eine Nase wie ein Ameisenbär
das erste was er zu fassen bekam
drei Beine tatsächlich
zwei vorne eins als Rückenstütze
Damenbeine mit Stöckelschuhen
auch sonst einige menschliche Züge
Mund und Auge vor allem
bösartig
aber nicht ohne Lachfältchen
ein durchaus männlicher Schnurrbart
das Geschlecht des Wesens war nicht mit Sicherheit
auszumachen

darauf konnte er sich jetzt nicht einlassen
er mußte sehen daß er fortkam
bevor die anderen Satyrn
ihn vermissen würden
und Alarm schlugen

Schlimmer hätte es kaum kommen können
Erst verschwanden die Silberlöffel
Dann fiel das große Familienbild von der Wand
Dann regnete es durchs Dach auf den Großvater
Dann vergaß Amalie sich mit dem Chauffeur
Dann fanden wir die Klavierlehrerin
stocksteif unterm Konzertflügel
Dann ruckelte das Auto und blieb stehen
Die Spielzeugeisenbahn entgleiste
Die Hühner machten den letzten Mucks
Alle Glühbirnen zerplatzten
Jemand fing an Posaune zu blasen
Das ging nun wirklich zu weit

Als das Kind mit dem Bade ausgegossen wurde
mußte es zuerst einmal fürchterlich husten
wobei das Wasser in Stößen aus seinem Hals
herraussprang
Sodann bedeutete es seinen Eltern
während es sich mit einem Badetuch trockenrieb
der von ihnen an den Tag gelegte Übereifer
verriete mangelnde Besonnenheit
die wiederum den Hang zur Überstürzung nach
sich zöge
eine Disposition
die
wenn nicht auf Ich-Schwäche
so gewiß auf Cäsarenwahn zurückzuführen sei
Zudem wäre neben der Neigung
sich Ideen zu überantworten
der Verdacht des Sadismus zu konstatieren
Die Handlung des Ausgießens zeige fernerhin
das Vorhandensein unerfüllter Wünsche an
Dennoch
trage das Kind seinen Erzeugern nichts nach
es sei sich der Tatsache
ihren Zustand mit verschuldet zu haben
hinreichend bewußt
überdies dankbar für den
allerdings etwas unsanften

Hinweis darauf
daß die Zeit des Abnabelns gekommen sei
Seine Platzwunden und blauen Flecken
so schloß das Kind seine Ansprache
werde es
unter dem Matrosenanzug verborgen
als Embleme künftiger Freiheit
mit sich herumtragen

Der Affe
der sich jedes Jahr zu Weihnachten
bei uns nützlich machte
er gehörte schon fast zur Familie
Im Zweireiher kam er an
legte Holzscheite auf den Kamin
schmückte den Weihnachtsbaum
trug Speisen auf
auch singen hatte er gelernt
Stille Nacht sang er mit Gefühl
nur beim Lachen
war er seiner Sache nicht sicher
in den feierlichsten Momenten
fing er an zu meckern
oder keckern
bis ihn ein erstaunter Blick meiner Mutter traf
dann griff er schnell nach der Champagnerflasche
und schenkte die Gläser voll
Am zweiten Feiertag
holte ihn wie immer der Wärter
Gerührt umarmten wir uns
bevor er mit Stock und Hut
im Wagen Platz nahm
ein gepflegter Passagier
ein guter Affe
den nachzuäffen
uns die Mutter auftrug

Im Streit der Bärtigen mit den Bartlosen
bemühen sich die Bärtigen
den Bartlosen Bärte umzuhängen
während die Bartlosen ihrerseits versuchen
mit Hilfe langer Scheren
den Bärtigen
ihre Bärte abzuschneiden
Die unverhüllte Schaustellung des Gesichts
ist allen Bärtigen zuwider
das Verschwinden des Gesichts hinter der
Haartracht
allen Bartlosen grundsätzlich verhaßt
Seit der Erschaffung des Menschen
so verkünden die Bärtigen
diene der Bartwuchs
ausdrücklich der Verhüllung von Blößen
zu denen das Gesicht
fraglos zu zählen sei
Der Anstand gebiete es
die Gesichter der Mitbürger
schonend hinter Bärten zu verbergen
Weit gefehlt
erwidern die Bartlosen
die Entblößung der Physiognomie
befreie die Welt von Trug und Täuschung
Bartlos

stünde das Gesicht für sich selbst ein
mutig gebe es seine Züge preis
ein Altar der Aufrichtigkeit
dem die Herzen entgegenschlügen
Im Verlauf der Kampfhandlungen
haben sich die Fronten
neuerdings verhärtet
Man hört von Bärten aus Roßhaar
mit Tischlerleim den Bartlosen aufgekleistert
Kein Wunder
daß die Gegenseite sich dazu entschlossen hat
den Bärtigen
ihre Bärte kurzerhand auszureißen
Der Fortgang der Feindseligkeiten
wird von allen Barbieren und Haarkünstlern
mit Spannung verfolgt

Anläßlich der Jahressitzung des Ambivalenz-
vereins
versammelten sich dessen Mitglieder
im Helldunkel ihrer Klubräume
und schlürften
wenn sie nicht gerade vor Freude weinten
oder vor Kummer laut auflachten
die an diesem Ort zu Gebote stehenden
trockenen Getränke
Soeben war im Wettstreit oxymoronischer
Kunstschöpfungen
die Entscheidung gefallen
Mit einer an Shakespeare gemahnenden Wortmacht
hatte der stellungslose Küchenchef Joseph Maria
Steinfraß
die Süße des Salzes besungen
Ihm hart auf den Fersen
folgte Oskar Zäzilia Strampelpflug
Oberspielleiter der vereinigten Volksbühnen
dessen gedankenreiche Darstellung der Zauberflöte
Sarastros Sonnentempel
zugleich als eine von Fledermäusen durchflauste
Katakombe
neu zu deuten wußte
Einen ehrenvollen dritten Platz
erreichte die Tierbändigerin Brenzel-Friesel

welcher es
nach jahrzehntelangen autohypnotischen
Anstrengungen
gelungen war
sich innerlich und äußerlich zu halbieren
Man sah sie als mild lächelnde Löwin (oben)
beziehungsweise Kindfrau (weiter unten)
seltsam verquickt dastehen
Nach der Preisverleihung
widmete sich das Ehrenkomitee
mit widerwilligem Eifer
der Planung des Tages der Eindeutigkeiten
eines rahmensprengenden Ereignisses
dessen Durchführung als Masken- und Kostümfest
zögernd voranzutreiben war

Mein Zwillingsbruder
wenn ich einen hätte
eineiig
oder einen Doppelgänger
zum Verwechseln ähnlich
        mein Zwilling oder Doppelgänger also
könnte mir das Leben erleichtern
als Stuntman in schwierigen Situationen
vor den Fernsehkameras souverän scherzend
Luftzüge mannhaft ertragend
Bücher schleppend kochend
Klavier übend
        Dafür dürfte er
Applaus entgegennehmen
Titel Orden Medaillen einheimsen
auf der Straße erkannt werden
mit Damen schäkern
schüchtern lächeln
oder gesunden Optimismus ausstrahlen
        Allerdings
müßte man ihn bei Laune halten
er könnte sonst
auf falsche Gedanken kommen
meine Socken stehlen
mein Konto überziehen
Geheimnisse ausplaudern

oder gar
Beethoven-Sonaten spielen

das wäre ja noch schöner
da müßte ja unsereiner
sofort
        einpacken und zusperren

Glaubst du so hast du
sprach Luther
Als Ferdinand dieses vernahm
begann er sogleich sich zu fragen
woran wohl zu glauben sich lohnte
denn haben wollte er gerne
An Gott oder Götter
das war nicht leicht zu entscheiden
zumal man nie genau wußte
wo sie zu finden wären
Vernunft
wer vernünftig ist glaubt nicht
Fortschritt
ein Glaubensartikel für Knaben
das Gute
dem Skeptiker besser zu Diensten
Liebe
da wären Himmel und Hölle
miteinzuschließen was ihm nicht frommte
Blieb noch die Seelen-
wanderung Darin
konnte man guten Gewissens verweilen
träumend in dunkler Erinnerung
an Schafe Gazellen und Affen
Derwische Huren Despoten
Kinder Engel ja selbst das Einhorn
Ferdinand dahastuwas

Klein angefangen
wie die anderen
langsam millimeterweise
größer geworden
verwöhnt
auf den Kopf getätschelt
die üblichen Kosenamen
inzwischen
stößt es an die Decke
geht gekrümmt durch den Türrahmen
jetzt kriecht es nur mehr
auf allen vieren
durch die Straßen von Hampstead
fauchend
Passanten fressend
oder durchpflügt
gewaltige Wellen schlagend
den Teich
Vielleicht schrumpft es irgendwann
und kehrt
mit schlotternder Haut
zurück ins Haus
maßstabgerecht

Leider vergeht sie
die Zeit
warum friert sie uns nicht ein
im Tiefkühlfach
oder befördert uns zurück
ins Alter der Dummheiten
noch besser
auf den Arm der Mutter
am allerbesten vielleicht
ins Nichtsein
das jedoch
auch in der anderen Richtung
zu erreichen wäre

Seht
da hüpfelt er wieder
ungraziös
aber mit allen Anzeichen des Vergnügens
auf einem Bein
das andere krampfhaft angezogen
während seine Hände heftig schlenkern
als seien sie naß geworden
und schüttelten das Wasser ab
Ob er weiß
daß er hüpfelt
wenn er sich freut
wie ein kleiner Junge
und dazu
mit den Armen flattert
ein nervöser Vogel
beflügelt
von Zwängen der Genugtuung
eine Vogelscheuche
selbst aufgescheucht
in hölzerner Ekstase
bis das Hüpfelbein
plötzlich zu schmerzen beginnt
und der Tanz
ein jähes ungeschicktes
Ende findet
auf schwankendem Grund

Als der Dadaist in den Spiegel blickte
sah er darin die schönsten Widersprüche
sich selbst und sein Gegenteil
Albernheit und Methode
Sinn im Unsinn
Grazie Anarchie
ein Stück Welt
zugleich absolut gar nichts
Es zeigten sich im Spiegelbild
Frauen Kinder ein Schaf
Beethoven mit Schnurrbart
selbst das Jesulein hatte einen Auftritt
mit herausgestreckter Zunge natürlich
Das alles überraschte ihn nicht
er wußte daß er schwebte
wie man im Traum über Treppen schwebt
oder wenigstens balancierte
komische Verwünschungen ausstoßend
lachend mit ernsten Augen
zierlich heulend
Ob die Widersprüche verschwanden
wenn man lang genug in ihrer Mitte
auf einem Bein tanzend
ausharrte

Inhalt